KB155440

마음의 무늬

마음의 무늬

황명수 시집

생각나눔

시인의 말

깊은 산 속 맑은 물 한 모금 그립다는 심정으로
시를 습작해 왔습니다.
오늘이 있기까지 '시가 참 좋다.'라는
마음공부를 해 왔습니다.
내 마음이 실천하고자 하는 것을 정해 놓고
그것을 실천했으면 유념의 시가 되고
실천하지 못했을 때는 무념의 시가 된다는 것을
스스로 터득하면서 교사 생활을 하고 있습니다.
그동안 학생들과 함께한 생활의 시간들이
시로 압축되었다고 생각합니다.
하지만 오늘의 시집 출간을 계기로
마음이 무심하지 않다면
밖의 경치가 무슨 의미가 있겠는가?
무심이란 도구가 세상을 내다보는 눈이 된다는 것을
터득하게 된 더 큰 기쁨을 얻을 수 있었습니다.

늦게 피는 매화의 참뜻을 오늘 깨닫듯

그대가 처음 내 속에 피어날 때처럼

늘 감사하고 기쁜 마음으로 생활하렵니다.

글 길을 따라 시어를 만나 한 송이 꽃을 피워보렵니다

끝으로 저의 글을 세상의 밝은 빛으로 나올 수 있도록

기획출판을 제의해 주신 도서출판 생각나눔의

이기성 대표님에게 깊은 감사를 드립니다.

2022년 2월 전북과학고등학교 교정에서

황명수

차·례

제1부

제2부

제1부

⋮

별빛 속에서

목 련

4월엔 목련이
꽃망울을 터트리길래
나는 가슴 졸였다

남몰래 비밀을
간직하여
나는 부러워했다

누나의 보조개를
훔쳐 버린 바람을
용서할 수 없었다

모 정(母情)

어머니는 고로쇠나무 같다
바람과 비가 고로쇠나무를 흔들어도
지난날처럼 고로쇠 나뭇잎은
언제나 연둣빛 메아리

그리움을 그리는
가슴 울렁이는
온 골짜기를 울리는 메아리

고로쇠나무 주인은 언제나 아름다워
제 마음 변함이 없이
고로쇠나무를 바라본다

고로쇠나무는
언제나 아름답고
또 미래도 아름다울 것이니
그리움도 아름다움도

또 새로운 아름다움으로
이어갈 고로쇠나무

여러 사람들의 수액이 될 것이다

교정 속의 시계

향기 짙은 봄날인데
나에겐 얼떨떨한 백합만이
가녀린 설렘을 담아내고
예쁜 접시꽃이 노래한다

바람이 일 때마다
쌩긋 웃는 그 모습들
분홍빛 하얀빛 웃음을
펑펑 터뜨려 놓았다

맑고 많은 사연들
추억으로 자라나

파도처럼 시간이 사라지고
달콤한 미소만이
품격을 입는다

성내고 경쟁했던 시간들

웃고 돕고 행복했던 기쁨도

잠이 든

교정에는

시계만이 걷고 있다

소녀와 단풍

소녀의 침상에
가을이 오면
남몰래 가슴 졸인 밤

이슬 내려
별빛의 포옹 속에
단풍이 든다

엄마의 숨결 소리도
들리지 않고

거센 비바람에
눈먼 소녀는
불긋한 키스 자국만 부끄러워
두 눈에 단풍만이 물든다

모래 아이

하얀 조개 위로
파도가 몰렸다
풀리는 그림 하나

보이지 않는
붓을 들어
화지 안에 찍어본
작은 풍경

파란 바닷물 적셔
둥글려지는 모래 아이

슬픔 안은
어둠이 오면
모래 아이 품에 안고
흘려보내는
노랫소리

갈매기도 잠이 든다

미륵산 아이들

새무리를 만나 또 재잘거리네
눈빛은 하나
사랑이 넘치는 너희들을 또 보니
새록새록 믿음직한 희망이 솟네

새 눈이 뉴스에 설레듯
등대지기 교사가 되었네
처음과 끝이
이런 인정이 빛이 있는 법이라고
울리는 목소리로
너희들 위해
빙그레
눈웃음으로 그리움에 젖는다

혼자일 수 있을까
우리는 서로 하나가 되는 세상

사랑방은 역시 사랑방이야
사랑방에 함께 살고 있네

장미 한 송이 꽃 한 송이 인사 건너
칠판마다 크고 작은 꽃이 피네
아! 미륵산 용사들
한 묶음 꽃 되어
억새처럼 새 힘내자

추위를 이기고 피는 매화꽃처럼
축복받는 은행잎처럼
계절 따라 강하게 큰소리로 외쳐라
선생님도 장구 치겠다
너희들은 징을 치고 외쳐라

코스모스 등교

등교 시 창밖엔
코스모스 행렬이 즐비하고
그 길을 걷는 학생들이
항상 눈에 띈다

교복을 입지 않은 것이 서운하지만
양쪽 머리를 묶은 차림은
여고생 티가 나는 것이다.

석류알 같은
코스모스의 발돋움
코스모스의 기웃거림
그리고 코스모스는 부담스럽지 않다
그 수수함이

그러지요
가을 하늘 나는 정취
이것은 자기 스스로를
어여삐 여기는 마음이 아닐까요?

우리 학교
학생들 마음의 진입로에도
가을 하늘을 가로로 세로로 접어서
코스모스와 함께 심었으면 좋겠다

아이에게

별과 이야기하던
여름밤의 신비함도

아침 이슬 머금은
화사한 코스모스 웃음도

어젯밤 비와 함께 잊히고

청 단풍 나뭇잎을
책갈피에 모으면서
가슴에 쌍무지개를 띄우고

오직 따뜻한 사랑에
카라니아는
둥지를 튼다

아이의 석류알 미소는
내 목을 적시며

노래로 채색된
보랏빛 깃털은
아이의 목도리를 수놓았다

아이의 따스한 숨결 소리에
카나리아는 잠들고
깨어난 분홍빛 알은
아이의 별이 되었다

안 개

음울한 날씨다
안개가 추태를 부린다

잔뜩 찌푸린 채
허리춤을 부여잡고
폭설을 한다

으실으실 한기
온몸에 스며 온다

님이 부담스럽다고
지절거리고 싶다
자신 없어지기도 한다
진실, 영생, 사랑은
안갯속에서 춤을 춘다

이럴 때 말없이 훌쩍 떠나고 싶다

달빛 별빛

우리의 진실은
적어도 단풍도 아닌 체 숨 쉬고 있으리
오늘 밤에도 달빛은 낙엽을 태운다

석류 가지에
빨간 하늘이 벌어졌다

한 줌 은하수가
가슴에 쏟아지면
온통 나뭇잎은 별빛의 속삭임

무지개 바람 따라
낙엽이 노래하면
별빛 머금은
소녀의 두 볼에 빨갛게
하늘이 피어나고 있었다

사 랑

푸른 초장에 어린 양이
사랑에 눈뜨면
내 마음 딸기꽃이
숨 쉬고 있었다

우윳빛 은하수
가슴에 쏟아질 때
추레한 딸기 가슴
속삭이고 있었다

따로 물든 하늘
하얀 블라우스
내 영혼 하늘을 입고
노래하고 있었다

봄

한겨울 미리내 속에 심어 놓은 꽃씨가
누나 가슴 설렘마냥 움트는 사랑
봄은 하이얀 눈이다

겨우내 거울 앞에선 목련의 꽃망울은
누나 얼굴 보조개처럼 불그레한 수줍음
봄은 하이얀 눈이다

부활 주일 아침에 피어난 벚꽃은
누나 품에 안긴 새 생명같이
주님을 사랑한 막달라 마리아
봄은 하이얀 눈이다

동해 바다 1

내 마음은 안개 낀 바다
우린 갈매기 되어
구름 위를 난다

젖을 머금은 아이의 하얀 입술
파도살 되고
동해안 모래밭에 별을 심었다

수평선 저 너머
푸른 하늘 그리워
내 날개 사랑의 돛을 올린다

우린 넘실대는 계절 앞에서
울음을 터뜨리고 만다

비에 젖은 종이학이
가여운 까닭이다

나의 학은 죽었을지라도

아이가 심은 별은 별을 낳았다

뱃새다의 들녘

내 눈에 보이는 것은

낯익은 곳이지요

나에게 언어가 없었시만

달콤한 소리입니다

영생이란?

죽은 사람은

하늘나라에 갈 수 있습니다

하느님은

산자의 하느님이기 때문이지요

사량(思量)이 아닌 것은

사랑이 아닙니다

빗물은?

눈물이 아닙니다

사랑에 녹아
흘러내리는 눈물이
진정한 눈물입니다

나의 입술엔
또 기도가 영글어 가고
내 맘속엔
은행잎을 수놓아
빨간 풍선이 하늘에 열렸습니다

가을비

오늘도 가을비가 내린다
비를 맞으며 훌쩍 떠나고 싶다

낙엽은 하늘에 떨어져
겨울로 떠난다

나는 작년처럼
또 쌍무지개를 기다린다

내 마음 미단이에
은행빛이 물든다

아닙니다

사랑이 아닌 것은 사랑이 아닙니다
사랑은 서로를 사랑해야 되니까요

미더움이 아닌 것은 믿음이 아닙니다
믿음은 사람의 말이니까요

눈물이 아닌 빗물은 눈물이 아닙니다
사랑에 녹아내리는 눈물이 눈물입니다

땅에 떨어지는 낙엽은 무지개가 아닙니다
하늘에서 떨어지는 단풍이 무지개지요

여름에 부는 바람은 산바람이 아닙니다
가을에 부는 들바람이 산바람이지요
왜냐하면
산바람은 사랑을 영글게 하는
하느님의 눈물이라고 믿기 때문입니다

눈망울

정지된 아침이다
새 생활의 시작이다
바람도 여태껏 늦잠을 잔다

학교 버스 안에서
아이의 큰 눈망울이
날 슬프게 한다

입가엔 웃음이 흘렀지만
눈망울엔 슬픔이
숨어있었다

졸 업

해넘이 노을빛 태우는 연기
퇴색한 얼굴 앞에
자욱하게 깔리고

우두둑우두둑
어찌할거나
머무적거린다

한 올 한 올 뜨개질하고
새끼 꼬아
금줄 두르니

스며드는 저편에
주렁주렁
새롭게 피어나는
꽃무릇

향기 높은 샘이 돋아난다

시 상(詩想)

시는 무엇인가?
마음을 그려 놓은 것인가?

대답이 없어도 된다
대답을 위한 질문이 아니다

하늘도 없다
새싹도 없다

실체가 아닌 이유는
그리움이 있는 탓일까?
그런데 그리움의 대상이 없다면
그것은 단순한 반항인가
단순하지는 않으리라

생을 위하여 몸부림치는 것은
인생의 낙오자이기에 방황하는 것인가?
그들이 몸부림치지 않는 것은

그들에겐 강함이 있어서일까?
무지의 무관심일까?

연약함은 생명이 아닌 것이 아니다.
생명이기에 연약할 수도 있지 않은가?

책거리 파티

오늘 2반에서 책거리 파티를 했다
흥겨운 파티였다

귀여운 아이들
발랄한 아이들
선생님들의 비위도 맞춰주면서
조심조심하였는데
또한, 우리의 열기가 극도로 달했는데

준비하느라…
옆 반 수업 방해한 이유로
아니, 선생님의 주의를 어긴 이유로
끝나자마자 언어에 얻어맞고 만다

모두는 울어 버린다

이런 감정을 어떻게 설명해야 할까?
이럴 때는 우리는 어떻게 해야 할까?
할 말을 잃었다

선생님에게 학생에게
잘잘못을 따지기 전에
이것은 우리가 겪어야 할 벽이며
우리는 이러한 강을 수없이 건너야 할
같은 친구인 것이다

기특한 아이들
흥겨운 박수
하지만 전해오는 언어로 인해
가슴 졸인 눈물의 공포와
비정에 대해 실망해 버린
슬픈 눈동자로 변한다

1반 아이들은 이 소식을 전해 들었는지
모두 조심스러운 모습들이다.
'우리 반은 떠들지 않고 조용히 할 테니 제발….
음식 준비까지 했는데….'

아이야(my deer girl)

너의 모습, 너의 사랑이
나보다 덜 아름답거나
덜 순수한 것이 아니란다

저녁노을을 색칠한
종소리의 아득함 속에서
두 손 모은 소녀보다
덜 경건하고
덜 순결한 것도 아니란다

나의 아이야
하얀 블라우스 교복에 펄럭이는
너의 숨결이
청순미 여인보다
덜 아름다운 것이 아니란다

초원의 빛이
아침 이슬처럼 반짝일 때
노란 나비의 싱그러움 속에
하얀 새끼 양의 뛰어다님보다
너의 마음이
덜 양순한 것이 아니란다

너는 어린양같이
눈물 흘릴 필요도 없단다
슬픔과 걱정과
고통과 번민 속에 집착되어
긴긴밤을 기다림 속에서
고통스러워할 필요가 없단다

캠퍼스 단풍

캠퍼스 안팎에서
세상맛이 익고 있다
우리 아이들이 그 안에 풍덩 빠진다

나는 수업을 하다 말고
가을 녘에 붉은 슬픈 꼴이 된다

아이들은
절찬의 언어를 풀어내고
잎 꽃을 피웠다

저 불길을 모아
캠퍼스 울타리에 꽃다발을 만들까
야간 자율학습 시간에
불이나 밝혀 볼까

강 건너
산 넘어 캠퍼스에

벌겋게 피어나

벌겋게 타다가

캠퍼스 지천을 저렇게

화드득화드득 재우는가

옥색 치마 볼 붉은 여인같이

캠퍼스 단풍 잔치에

아이들 마음이 잘 여문다

꿈

아마
포근함은
포옹 속에서

감미로움은
유혹 속에서
창조되는 것일까?

꿈이 있다

포근함은
연약함을 안았을 때
강제로가 아니라

그토록 열망했던
마치 아이를 안듯이
감미로움이
꿈으로 태어난다

카나리아

둥지를 잃은 카나리아
졸다 전깃줄 위에서
아스팔트에 떨어졌다

살얼음 위를 미끄러지는
검은 악마들의 시동 소리에
있는 힘을 다해 날개를 퍼덕인다

아이가 수놓아 준 보랏빛 깃털은
잿빛으로 퇴색되어
먹이로 길러진 연약한 것은
하얗게 얼어붙었다

하지만 가을에 둥지를 찾는 날
카나리아 꿈속에서 이슬이 깨어나면
나의 새 갈매기는 아이에게 돌아가
분홍빛 깃털로 노래한다

야이로의 딸

어드레한 태양은
태양을 파묻었다

궂은 날
아이의 울음소리
야이로의 딸이 운다.

지푸레한 빗살을
물어뜯으며
피를 토하는 산 고양이

태양을 파묻고
어드레한 비눈 속에서
야이로의 딸이
웃고 있었다

진달래꽃을 따서
단지에 담근다

진달래꽃

진달래즙을 마신다

4월

비가 왔다
봄이다
그토록 기다리던 4월인데

4월은 부활이 있길래
그러나
4월은 잔인하였다

예수를 침 뱉고
뺨을 때려
십자가에 꽁꽁 묶었다

보드란 햇살과
하얀 입술의 사랑을
그러나 가롯 유다의 입술로

피 토하는 갈등 속에
가롯 유다도

목을 매어 하늘을 향해
침을 뱉었다

얼굴엔 선혈이 엉키고
베드로의 눈물이
진달래꽃을 적실 때

막달라 마리아는 태양을
어드브레한 비난 속에서
파묻고 웃고 있었다

교실 속의 아이들

색깔과 문양이 제각각이다

다양한 색깔로
온갖 기하학적 무늬를
새기고 있다

뚜렷한 개성을
보이는 아이들은
제법 신통한 것이
꽃 같다

햇살이
교실 유리창을
따듯하게 간지럽히면
해를 베어 물고
수업 바닥을
오르락내리락하고

놀고 싶어 한다

꽃같이 예쁜 아이들은

모아 놓으면

오늘도

자잘하고 복스러운

꽃밭이 된다

운동장 상념

모든 세상은
물빛 노래로 반짝이고
가만히
거기 있는데

공연히
나 혼자 바빠서
저 혼자 급해서

구름 같은 세상 사는 동안에
무던히 애달프기도 하여라

다 아무것도 아닌데
그것 말고
그것 말고 또 무엇이 더 있기에
그렇게 그렇게도 허겁지겁 아등바등

소망의 보습 잡아
맛없이 살아온
어제 그리고 오늘

앵두꽃 지는 안타까운 날
꽃 구름을 토하네
가슴 아린 그리움만 남았네

사무치는 가슴이 가랑잎처럼
바람만 부네

사랑의 찬미

비가 온다
창밖을 본다
나의 창가엔 누가 비를 맞고 있을까?

그녀의 사랑이
씁쓸한 경우는 무엇이고
사랑하는 마음이
고독하게 느껴지는 것은
아름다움인가?

때론 정에 무른
생각도 들기도 하지만
우리는 어느 정도
생각하고 존경하고
이해하느냐가 중요하리라

어쩌면 자유롭게 행복하게
살기를 바라는 마음이
진정한 사랑일 수도 있다

건강하기를 바라고
고통받지 않기를
바라는 마음
그리고 함께 나누고
싶은 마음이 있다

기쁨도 나누고
대화도 나누고
그 속에 감각인
우리 영혼의 진주를 나누고
호흡, 맥박, 정열, 감정, 정서
웃음을 나누고
취미를 나누는 친구
그녀가 친구였음 좋겠다

나의 속사정을 털어놓고
이야기할 수 있는 친구
아름다움을 가꾸어야 한다

때론 찬미하고 감격 속에서
아! 행복이 꿈틀거린다

믿음이 중요하다
무례함도 없이
어린아이같이 욕심과
사심 없이 별을 노래하자
꽃을 노래하자

웃자, 웃음을 나누자
감격을 나누자!
위해줄 수 있는가?
평안하다

허수아비

피로하다.

침묵하고 싶다

차라리 혼자이고 싶다

그리고 깊숙한 침묵에

빠져 버리고 싶다

눈뜬 허수아비

어느 날 새 아침을

맞이할 때 기지개를 켜며

깨어나리라

꽃이 피었다

그 어느 누구도

쳐다보는 이 없고

허수아비 위에 앉은

봉사 참새

새 아침

향기롭다.
그 어느 누구도
꿈꾸지 않는다
향기를 말이다

향기가 향기가 아닌 이유는
코가 없기 때문이 아니오
사랑이 없기 때문이다

사랑이, 향기가 스러져 간다
꽃도 지고 향기도 그치고
이 땅엔 어둠이 오리라

어둠 속에서 침묵하리라
그리고 밤새워 눈물 흘리리라
새 아침의 기쁨의 찬가를 위해

안개 숲

비가 쏟아 졌었다
안개도 자욱했다
자유롭고 싶다
여행하고 싶다

아니, 훌쩍 이 공간을
탈출하고 싶다
그리고 언어로부터
사랑으로부터 탈출

아름드리 측백나무 숲
은행나무, 하얀 꽃
이 모든 것은 안갯속에
묵직한 정체를 드러냈었다

그곳에 리듬 속에
청각적 회화 속에
시각적으로
빠져들고 싶다

사랑과 진실

말을 다치지 말자
말을 골라서 하자
나에게 진실이
그들에게 진실이 될 수 있을까

비가 내렸음 한다
주룩 주루룩 비를 맞았음 한다
깨끗이 몸을 씻어 버리자

사랑! 이것은 무엇인가?
인간 인생
이것은 무엇을 위한 것인가?
하늘이었다
땅도 있다

나는 누구를 위해 사는가?
아! 사랑이
아! 진실이

가끔 시간이
내 가슴을 출렁일 때가 있다.

누구에겐가 pen을 들고 있다
여름의 비누 냄새가
코끝을 자극하면
그녀가 올 것도 같다

반딧불

반딧불이 반짝인다
벼랑에 앉아서
기타를 치며

은하수 바다를 보며
파도를 달리며

새를 부르며
토끼를 부르며
대나무 숲에서
청개구리도
개구락지도 울음을 그쳤다

숲 속에 영령들이
모두 모였다.
수천여 매의 눈이
반짝인다

아 침

하늘엔 별이 있는데
아직은 아침인데
누구 하나 웃는 이 없다

경직된 얼굴
인사 하는 이 없다
피곤하다고 말한다

구천동 계곡

별빛 속에서
달빛 속에서
하늘엔 별이 흐르고
냇가엔 달이 흐르고

하늘을 안은 덕유산에
땅을 안은 구천동 계곡에
은하수가 찾아온다

잠자리들의 비행에
쓰르라미 부챗살에
시원해진 은하수

별 하나에 담아낸
숲 속의 풀벌레들 노래
은하수에 발을 담그고
모닥불을 피웠다

우린 구천동 계곡에서 만났다.

그날 밤도

별빛 속에서

달빛 속에서

사랑을 이야기한다

방 황

우리의 생을
침해받을 수 없다
사소한 몸부림이
우리를 좀 먹는다

우리가 산다는 것은
우리가 사랑한다는 것은
우리가 믿는 것은
우린 지금 발버둥 친다

우리는 지금 분노한다
하늘에 달이 있다
별이 있다
지금, 우린 방황한다

지금 우리는 웃음을 잃었다
가장 높이 나는 갈매기
가장 멀리 보는 갈매기

내 입에선 정결한 말
내 입에선
내 입에선
그렇다, 내가 들은 이야기를
싹힐 필요가 있을까?

나는 아름다운 쪽에
서 보겠다
이쪽에 선
타인

우리는 얼마나
타인을 위해 헌신하였는가?
자신의 삶을 위한 몸부림은
타인을 괴롭히는 것이라는
사실을 모르고 있는가?

우리 모두는 안갯속에서
허덕이는 삶을 사는가?

가을 닮은 아이

코스모스 필 무렵
아이의 하늘을 모은다

잠자리채를 둥글게 그리면서
아이는 하늘을 조금씩 거둬들인다

아이의 신발이 댓돌 위에 놓일 때
밖은 온통 어둠뿐이고
사립문 옆에 놓인 잠자리채엔
하늘이 가득 담겨있다

지친 듯이 잠이 든 아이의 얼굴은
어쩐지
가을 하늘을 그대로 빼닮은 것 같다

인도하소서

탈출구를 생각한다
탈출할 수 있는 기회다
어느 곳으로
어떻게 탈출할 것인가?

어쩌면 좋은 기회다
주님께서 주신
참 좋은 기회인지도 모른다

어떻게 하면
저들을 도와줄 수 있을까?
어떻게 하면
저들에게 따스함을
포근함을, 믿음을,
사랑을, 소망을
안겨 줄 수 있을까?

오! 주님!
나의 앞길을 인도하소서

등굣길

검은 침묵을 슬슬 걷어 올릴 때면
등굣길은
간밤에 흘린 눈물로 풀잎을
적신 채 살며시 드러낸다

내리쬐는 햇살을 먹으며
언제나처럼 등굣길은
희망을 가득 안고 기다린다
수없이 스치는 사연들의
자국을 만들며…

저 멀리 지평선에
붉은 해님이 손을 흔들면
등굣길은
또 하루의 그리움을
실어 보낸다
어딘가로 떠나는
바람께로

사랑의 포로

밖엔 어설픈 가을비가
소리 없이 안개처럼 어린다.
몸이 뻐근하다
움찔해진다
이럴 땐 무엇을 해야 할까?

따스한 방에서 음악을 들으며
사랑하는 이와 담소하며
숯불에 사랑을 구우면서
얼굴을 따스하게 익히면서…

우리가 사랑한다는 것은 무엇일까?
그것은 대체 어느 정도
우릴 지배한단 말인가?

사랑의 포로가 될 만큼
나약하지 않다고 말하는 이는
외롭지 않을까?

그와 반대로 외로움은
나약함의 결과일까
보호인가?
굴레인가?
노예화인가?
사랑의 숭배인가?

사모하는가?
시기하는가?
번민하는가?
강요하는가?
나는 너를 숭배하는가?

너를 향한 기대는
사랑을 낳는다
너를 향한
무언의 믿음 같은 것이 결핍될 때
우린 너를 잊으려 한다

생각하지 않는다
기대하려 하지 않는다

너의 자유를 구속하는 것이 사랑인가?
그렇기에 자유로운 너의 행위는
또 나를 위한 새장 속에서만 가능하다고
일축해 버리는 것이 아닐까?

사랑은 법전을 낳을까?
무언의 법이 있으며
우린 그 법을 지키려고
소심해지고 작아지고
바보가 되어 가는 것일까?

관심을 가지고 책임을 가지고
이해심을 가지고 아낌없이 주는
사랑의 포로가 되었네

교정 스케치

조그만 산골 초등학교
어느새 담임 선생님 책상 위엔
개구쟁이 녀석들이 몰래 갖다 놓은
감 가지가 얼굴을 붉히고
꽃병의 코스모스는
웃음을 함빡 머금고 있다

단풍나무 은행나무 아래에선
올망졸망 계집애들이
양손에 하나 가득
가을을 줍는다

나무 밑 그늘이
땅 위로 번져가면
저만치 마을 굴뚝에서는
모락모락 김이 흐르고
텅 빈 들녘엔
붉게 물드는 하늘 아래

갈대의 가녀린 몸짓뿐

길가 키 작은 들국화 한 송이
밀려오는 어둠에
고개 숙인다

교정의 봄비

봄비가 모처럼 내렸다
오래전부터
기다리던 비였는데…

교무실에서
창밖을 바라보지만
그것은 한갓
공상의 창일 뿐이다

이 새싹은
교정의 생명이다
이 땅의 생명을
잉태하는 비가 온다

그동안 분명한 사실은
겨울의 꽁꽁함 속에
싱싱함이 없었다

무엇인가 꼭 쥐어짜면
시가 줄줄 흘러내릴 만한
촉촉함도 없었다

푸석푸석한 얼어붙은 땅에
짓이긴 겨울의 찌꺼기
운동장의 누런 이를
드러내고 웃는다

교정의 사랑은
얼마나 아름다운가

인 생

우리가 이렇게 살아가는 것이
人生이란다

인생은 달콤하고 고상하고
행복하여야 한다는
망상은 속임수란다

우린 이렇게 달콤하지도
고상하지도 행복하지도 않은 것처럼
불안해하고 초조해지고

무엇인가 인생은
다른 것일 거라고 추측도 하지만
결국은 이것이 인생인 것을 알리라

양치는 언덕

선택된 우리
낮은 대로 임하소서

숨기고 싶은 이야기
너 있는 곳에 나도 있고 싶다
그중 제일은 사랑이라

사랑의 기술로
사랑은 죽음 같이 굳세고

소유냐 삶이냐
질투는 무덤같이 잔인하다

여고생의 꿈

열일곱 굽이를
힘들며 넘으면
푸른 들판에
흰 양 뛰노는
땅을 얻으리란 희망에
한 발 한 발 내디디며
너의 웃음을 아낀다

푸른 물은 아니더라도
너와 내 가슴에 출렁이는
물결이 있고
빛나지는 않지만
너와 내가 해가 되는
너와 나의 기쁨으로
열일곱 땅을
오늘도 일군다

너와 나의 눈물이
빗물 되어 흐르고
너와 나의 웃음이
열매 되는
열일곱 땅은
오늘도 앓이를 한다

그러나
너와 내가 일구어야 할
열일곱의 땅

오늘도 이 땅은
앓이를 한다

가을 교향곡

모두 모두가
가을의 멜로디를 두드립니다

얼굴 붉히는 홍시
파아란 물을 마시는 하늘
얼굴 쏘옥 내미는 알밤
바람에 몸을 싣는 낙엽
어둠을 노래하는 귀뚜라미
풍성한 결실을 껴안는 만월(滿月)
가을을 파는 코스모스
황금 벌의 허수아비

그들은 모두 신들린 모습으로
움직임을 시작하였다
'아!'
그 속에 만선의 기쁨은 울려지고
지독히도
아름다운

멜로디가 울려 퍼진다

그건 분명

가을의 훌륭한 교향곡이다

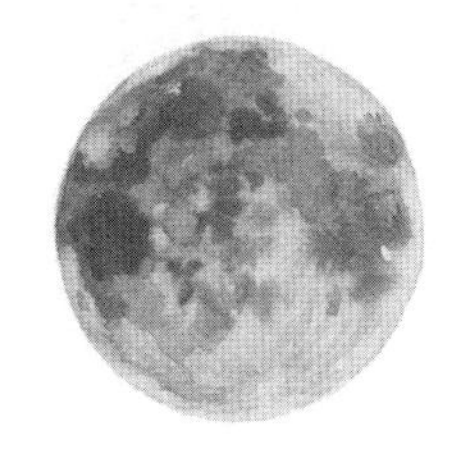

학교 둘레길

이어지는 송림을 뚫고
자란 송림을 하나하나 머리에 두고
생각이 멈출 때쯤
출렁다리에서
아이들의 웃음꽃이
줄타기를 한다

둘레길의 끝에 다다르면
검푸른 파도가 참 어우러져서
날갯짓으로 학생들에게 다가오고
그대로의 깊은 울림이
제법 심장을 울린다

이곳을 드나들 수 있지 않을까?

이 둘레길 끝에서
아이들과 함께 쪽배를 타고
용이 승천하는 사연에
마음을 실어 본다

아 이

어느 날 바닷가에서 아이를 만났다
물속으로 태양은 식어가고
사랑이 토해낸 눈망울은
글썽거림 속에 별빛이 된다

아이의 양 손가락 색실에
카나리아는 둥지를 짓고
인어의 눈망울과 마주쳤다

조각배는 아이를 싣고
로렐라이 언덕을 비추면
은하수에 목욕한 인어의 노래는
밤비 되어 둥지를 적신다

가을 수채화

꾸욱 누르면
선명한 푸른 물이
뚝뚝 떨어질 듯
시린 가을 하늘을
머리에 병풍처럼 드리우고
느리고 헐거워진 시간 속을
신비롭게 하늘하늘 날아 보고
나풀나풀 걸어 보자

하늘과 바람과 햇살과 꽃들은
모든 준비를 마쳤다

이제 그림 속 주인공만 남았다
한껏 기대가 오른다

수려함이 비치어 반짝이는
잔물결 안으로

우리 아이들이

햇볕에 잘 익은 다디단 바람을

배부르게 맛보며

걸어 들어오면 완성이다

교정의 들녘

단풍이 예쁘게 물들었다.
요사이 날씨는
몹시 상쾌했다

산들거리는 포근한 가을볕
안개 낀 교정의 들녘
낙엽을 줍는 아이

안갯속에서 낙엽을 줍는다
안개 싸인 사랑은
누구의 사랑인가

어떻게 하는 사랑인가
사랑은 교정의 들녘이다

오늘은 안개비가 내린다

가랑비가 내린다

낙엽이 진다

그리고 빨갛게 쌀쌀해진다

미륵사지 석탑

간들간들 앙감질에
꽃들이 멀미하고
고개 넘는 낮달은
까치발로 훔쳐보네

검은 이끼를 누가
흔적이라 남기고 갔는가
수 천 년 시간은
돌로 눌러앉았더라

비와 바람으로 닦아 내었어도
깊게 내린 소명의 뿌리는
장막을 치고
돌 속에 침잠하느니

돌덩이 위에
차곡차곡 지나가는 눈발
석탑에 눈이 내렸다

백제의 시린 눈보라
탑에 누워
탑의 침묵이 되고
바위에 앉아
바위의 침묵이 되고
산에 내려
산의 침묵이 되었다

왕궁의 영화는
눈발 속에 묻혀
깊은 잠에 든 왕은
밖으로 나오지 않았다

천 년 돌 더미 속에
몸을 숨겼으므로
차곡차곡 잰
시간 밖에서도
석탑의 묵은 침묵은

하얀 잠에 묻혀
견고한 침묵 위에
더욱 침묵하더라

한바탕 살풀이춤에
쓸쓸한 탑 보따리
유산으로
생명의 혼을 들이켜
가는 목 내밀어 본다

공주의 영혼

백설이 꿈꾸는 유리 안에서
검은색 마술에 취해 있었다

문을 열고 하늘이 밀려와도
창을 뚫고 단풍잎이 속삭여도
내 눈엔 모두 검은색 잠결일세

신데렐라 이마에 입맞춤한다면
무지갯빛 눈을 뜨고
낙엽이 들릴 텐데…

창밖에 오색의 찬가와
춤추는 가을의 달콤한 햇살이
여름 동안 불태운
공주의 영혼 위로
청춘의 꽃이
한 송이 피어난다

개학 날

운동장에 3월의 햇살이
초승달을 닮은 듯
가늘게 뜬 눈으로 파고든다

설렘을 찔러대는 봄볕이
솔잎처럼 뾰족하다

바람은 둥글게 마주 잡은
손을 잡고서
걸음걸음 조심히 걸어간다

바람에 요동치는 그림자가
물결을 이루고
얇은 발자국 아래에서
잔디 쓰러지는 소리가 요란하다

그저 따사롭기만 했던 개학 날
하늘색 꽃과 섞인
라일락 향기가 아찔하다

내 마음에
이름표를 하나 단다

교정에 필 나무

한 움큼씩 한 움큼씩 여위어 가는 하늘

계절이란 바람이란
한 줄기 도랑
벌거벗은 이내 몸을 띄워 보내노라

그 어디
꽃이 뙤약볕에 웃어지는 곳에
이 솟구치는 애정을 파묻고
나는 돌아오리라

그림자처럼 드러누운 나의
발끝이
지저귐에 떨릴 때
물줄기처럼 갈라진 나의
손끝에
눈물이 맺힌다

퍼드득
창문을 여닫는 산의 소리

돌아와
붉게 등불을 켜는 향기가 있는가 하면
떠나가는
날개들이 있다

흐르지 못하는 눈물이
잠을 이루지 못한 밤들이
땅 위에
쓸쓸해지면

나
이 여윈 하늘에
교정에
풍성한 나무로 피어나리라

뽀드득

뽀드득 소리에
먼 허공
그림 그리다
얼굴을 묻는다

네 이름 석 자
물든 이름
달밤 술래 되어
뽀드득
그림자 밟는 소리
가슴 안으로 툭 떨어진다

생각의 무게는
빛 잃은 먹빛으로
스며들다 별이 되고 별이 되어
은색 단발머리가
찰랑찰랑 달려 나온다
생각이 절름절름 따라간다

추억이 쥐락펴락 시리어
한입
베어 물지 못하고
입술이 촉촉해진 목마름
울컥거리며 쏟아낸다

뽀드득
이렇게 아프게 오시나요

가을밤

스펀지로 밤을 흡수한다면
빨간색이 되겠지

우선은 울긋불긋함과
터질 것 같은 가슴앓이도
검은색 베일 속에 숨 쉬고 있다

곧 무지개 열쇠로 잠을 깨우면
가을밤의 꿈을
노래할 수 있으리

소녀의 가슴이 빨갛게 물들고
바람 따라 낙엽은
방랑자의 발자국일세

도깨비불 혼불이 나타나는 밤에
눈이 먼 이유는 무엇인가?
낯익은 목소리도
얼굴도 담겨있는 밤에

귀먹은 이유는?
사랑 때문에 붉게 타올라
결국 꿈속에서 낙엽이 되었나?

젊음의 초상

온몸에 휘어 감기는 젊음의 벽
초원의 햇빛처럼 순간의 정열
그날, 우리는
대행진에 맞춰 숨바꼭질하며
전주하리라

젊음의 오색 빛
유수한 가을의 사랑
파란 하늘 구슬 빛 여울을 만지듯
아련한 하모니 소리

맑은 개울가에 물안개 피워
두 손 만지며 젊은 날의 초상을
그려본다.
물 무리를 이루는 호반의 기차마냥

섬 유채꽃의 고아함이여

취해버린 젊음이여

아하!

안개꽃의 천진함에 손목은 떨려

젊음의 초상에 꿈을 날린다.

나의 사랑 카나리아

새장 속에 갇힌
나의 자유 꿈
말 못 하는 꿈 꾸는 꿈
노래하지 못하는
나의 새

자유가 혼란하고
울지도 못하고

하늘을 날고
파도 날개가 없고
사랑을 춤추어도
노래할 수 없는

나의 사랑 카나리아
나의 사랑

이룰 수 없는 꿈보다

꿈꾸지 못하는

나의 날개야 돋아라

찾아라 나의 꿈

덕천강

그대는 시원한 냇물이네
시퍼렇게 살아서
별빛처럼 흐르는 빛이
물을 먹는 덕천강

초저녁 달빛이
고개를 쳐드니
달이 떴다 하네

심술 구름 사이를 비집고
뜬 달
하늘에 엎지른 잉크를 닮네

흐르는 덕천강 물줄기처럼
저 덕천강의 하늘을 누가 그렸나
꿈을 꾸는 젊은이
사랑하고 싶은 진한 가슴을
확 드러내어

철렁철렁한 아름다운 밤
아 한줄기로 소리치고 싶은
망망히 흐르는 덕천강이네

너는 미래를 가진 사나이
눈앞에 쌓인 그 얼들
애절한 사연 잔잔히 깨어날까
덕천강의 밤하늘은 언제나 달이 밝아
물빛 사랑을 스스로 느끼고 싶네

제2부

⋮

기다림 속으로

억새밭

햇살 빛이 눈부셔서
끈덕진 허기처럼
석양을 태우며 따라서 운다

서러운 날은
제멋대로 늦마당 하늘이 서러워
눈은 흐늘흐늘하고
살금살금 하던 너
또 가슴 앞이 메어
질금질금거린다

그때 우리의 평지 밭 머리
꽃송이 꽃송이 춤춘다
앙칼지게 터지신
그 사연

해 질 무렵 억새밭 가을
하염없는 땅거미
하염없는 땅거미 있네

지리산의 봄

하늘이 바다를 이고
봄이 지리산을 안고
환한 구름들이
온 세상에 부처이시네

봄소식 말씀이라면
풍경소리 울림이 퍼져서
지리산 진달래꽃같이
모두에게 봄을 불러 세우네

꽃등을 달아주는
마음이 좋을까
보라! 지리산 새나물 잎이여
사람아 꽃잎이 부럽지

지리산은 봄을 울리고
새들과 나무들에게
춤을 추우니

오랜만에 편지 한 장

읽는 말씀이

바람 따라 전하는

불법의 종소리네

목련꽃이어라

그 순백의 살이 터져
눈망울 그렁그렁하게
속 잎 송이 오르는 맑은 꽃
향기 아른한 바람이 되어
하늘에 출렁거리는
푸드득 그럴 수밖에

숨결마다 두근새근
비단을 필로 접어 파들파들
달빛이 고운 미소에 피어나는
환한 꽃구름 이마를 하고
그리운 목 내밀어
앞섶 꽃물 들고

내 가슴팍에 꽃을 피우고
소망의 보삽 잡아 불어주던
네 숨결에서 봇물 도는 나는 시렸네
서투른 사랑을 녹여

봄 꽃눈 자리에

꽃길 하나 내고 있었다는 것을 몰랐더니

기다리던 한 사람 산불 질러

네가 꽃인 줄을

내일을 파묻고

그 환장할 열린 천지간의 빛깔

도리없이 설레어 숨이 멎는

애틋함의 목련꽃인 것을

그리움에 기대어

그리움은 파도처럼
산 넘고 물을 건너
물기둥 따뜻한
이슬 굴린 흔적
그런 게 아니었나

접었던 기다림은
다시 바람을 일으키고
진저리치게 가슴 터지는 손금 따라
그어 내린 굵은 획들
그랬다

못 이겨 사무치는 그리움
또한 정갈했으며
한결 다사로울 그뿐
비상할 기다림을 품었다

가슴 고운 그리움

꼭 그렇게 사무쳐 있었네
자꾸 물 솟는 힘으로
돌아오는 기다림에
꼼짝없이 매여 목까지 잠겼다

타오르는 그리움의 질곡
틈새 들여다보면
햇살은 타래로 풀어
물래 소리 들려 온다

서릿바람 얼핏
아름드리 나이테 더하도록
그리움 사리고 하늘 시린 은하수
천 섬 되는 맑은 물에
물살 어린 꽃 빛 아른아른 풀어
꽃망울 터지거나 할 것이다

아지랑이 간질이는

그리움의 하얀 꽃술
움이 돋고
눈매마다 그렁그렁
닻 내린 물소리에 깔린다

가슴 울컥 치미는 사연
향그런 젖줄에 풀어 감고
복사꽃 달무리 예쁜 날
별 하나 그리움에 이고
기다림 속으로 잠적하네

봄이 오는 포구

내 고향 춘포
푸른 숨결 이어오는 마을
마을 어귀
사람 사는 울타리 안에는
내 생애 사랑으로 물든 멍석밭

흐트러진 선이 웃음 속에 흔들려도
정을 주고
가슴으로 포근히 흐른다

그 하늘 아래
정을 엮어가는 소중한 그림들
내 고향은
봄이 오는 옛 포구라네

미륵사지에 들다

천 년 전 초승달을 끌고 가는 이 누구신가
향내 여전하여 가슴 미어진다

미륵사지 초록들이
아침에 없던 각별한 다리를
초승달 위에 놓고 있다

미륵산이 날마다 내려와서
달까지 정갈하게 닦아 놓은 미륵사지에서는
뒤태가 나직한 황톳길 따라
홀로 찾아오는 종소리 말씀들이
내 마음 채를 이미 물들였을 터

꽂혀오는 달빛 속에서
묻는다, 저기는 잘 있는 거지?

속울음 들썩이는

연인처럼

울컥거리며

미륵사지에 들다

진달래

괜스레 여인의
헛눈질에
물끄러미
꽃보라에 취해
연분홍이 되어 왔어

봄 기별에
마음만 놓고
꽃은 눈물처럼 피어나
강 건너
강이 되어 간다

강물이 흐르는 자리
손바닥으로
스몄던 울음 건네 오는데

오지랖 꽃물만 들어도
애가 선다는 봄날

바람이
푸른 하늘 머리 이고
그 꽃 다 질까
봄 앓이만 하였네

대원사

지리산 대원사 골
풍경소리에 자비 탄 향기
육쪽마늘 쪽 같은 달 한 조각에
세상 껍질을 태워 보낸다

대원사
야경 불빛이
무지개같이 하늘에 토해내니
밤이 출렁인다

계곡 물 휴가는 지리산에서 보내니
철썩철썩 책장이 넘어가고
장작불에
별빛 달빛이 타는
봇물 도는 지리산 냄새

지리산 대원사 골
초록 빛깔과 향기의 절정

그리움은 계곡 발자국에
비단을 필로 접어
출렁이는 소리
밀물같이 밀려오고

굴레를 벗어 버리고
땅이 구름같이 하늘로 올라
잃어버린 자궁을 찾아간다

풀 꽃

지극히 바람 한줄기
피어린 가슴 부여잡고
서투른 사랑을 녹여
꽃길 하나 내고 있네

가시덤불 헤치고 따스한 햇살 쪽으로
힘들고 지친 날 위로
징검다리 건너가던
봄은
새로 설레어
찰랑이는 그리움이네

부단히 찬비 내려
꽃잎 무수히 떨어져도
내 앞섶 꽃물 들기까지
내 그리움의 빛깔은
불가마 연못 위에 피는
연꽃잎 같은 것

그늘 몇 한 포기
다시 피는 풀꽃으로
화들짝 찾아주세요

그 연한 살이 터져
쑥 순 속 잎 오르고
우물가 버들 빛 시리도록
두근새근
기다릴게요

섬진강 풍경

섬진강 강물 위로 어른거리는
바람 따라 들어오는 것을 만나면
마을 풍경이 아름답다

구름도 비추이다 가고
주렁주렁 달린 잘 익은 감이며
나지막한 돌담 위로
석류알도 터질 것 같고
가을이 걷혀간
빈 들에도 햇볕이 들고
무어라 정하지 못하는 일을
가득 담아 피었다

바람도 머물다 가고
세월도 비추이다 가고
그 속에 살고 있는
우리 인생도
조금 쓸쓸하고

조금 행복했으면 좋겠다

섬진강 떠나는 물 따라
잊어버렸던 것이
함께하는 것이지
놓치는 것이 만나는 것이지
넘나들며
전전긍긍하다니

봄의 새싹들은 세상 다 움켜쥘 듯
주먹 불끈 쥐고 솟아오른다

산은 심장을 강탈당하고
쓰리다
쓰리다
하소연하네

머물다 가는 시간

모두 소리 없이 왔다가
소리 없이 스쳐 가는 것일까
이처럼 눈부신 계절도
왔다가 때가 되면 가고

저무는 한 해가 있기에
새해를 맞이하고
오는 손님이 아무리 반가워도
아쉬움을 남기며 가는 날이 있는가 하면

봄이 왔다가 가고
여름 가을 겨울
모두가 언제 왔다가 언제 가듯이

구름이 지나가면
비가 오고
꽃이 피면 지고

푸른 잎으로 왔다가

붉은 잎으로

우리 곁을 떠나간다

접동새

창문을 열면 갑자기 접동새 울음소리가
터진 봇물처럼 방안을 채워 옵니다

무척 한가롭기도 하고
어떤 땐 처량하기도 하고
또 한에 겨워
가슴을 아리게도 하는
구성진 가락입니다

한 가락인데도
이렇게 여러 빛깔로 들리는 까닭은
내 마음의 무늬 때문이겠지요

마음은 노상 그대로인데
마음은 이렇게 허상을 만들어 놓고
그 속에서 기뻐하고 한숨짓고
또 슬퍼하는 것이
우리들 삶인가 싶으니

좀은 허허해집니다

오늘은 나의 그리움을 돋우며
저렇게 청승맞게
울음을 토하고 있습니다

부우! 부우!
통곡같이 가슴 아리게 하는
접동새의 울음이 여전히
방 안을 채웁니다

이 한마디 말은
나에게 커다란 시사로 다가옵니다

새 봄

벌거벗은 나무들이
한겨울 내내
술에 취한 듯 흔들흔들
춤추고 있었네

그 모습은 어느덧
지난겨울이 되고
얼었던 지표는
떡고물처럼
부드럽게 느껴지고
온기를 품어내는
새봄이 왔네

모든 것은
오고 간다는 것을
한 번 더 깨우치며
언제나 아쉬울 뿐이다

초여름

오늘따라 산이 푸르고
물이 더 맑다

맑고 푸른 맹하의 공기를
흠뻑 마시며
넓은 운동장에서
삶이 충만하여
이 순간을 영원히 느꼈으면
그토록 행복하겠건만

세월 앞에 쌓이는 연륜이야
어느 누가 감히
시비할 수 있으랴

해 야

구름을 찢고
바람을 가르며
넌 내게 쏟아져 왔다

빛깔진 한 그리움 이랑은
열두 치마폭에 싸안고
하늘가를 맴도는
젖은 눈망울이 있었지

행복함이 땀에 젖도록
조물락거리던 망설임이
환희로 승화할 때
너는 나의 하나뿐인 태양

님이라 부르기엔
너무 수줍은 가슴에
너의 따스한 정이 스민다

가을 노래

푸른 하늘에
뭉게뭉게 피어나는 구름처럼
한껏 부풀었던
너의 조그마한 꿈

눈이 부시도록 뜨거운
붉은 햇살을 등지고
차가운 바람에
얼굴을 내맡기던 너

한때는
시커먼 빗줄기 속에서
꼬마둥이 새싹들을
어루만지곤 했었지만

어느새 너는
저만치에 수놓인 무지개를 향해
파아란 바람을
날리고 있구나

당 신

새 파아란 하늘
새 빠알간 단풍
그리고 새하이얀 나의 마음
모두 전해 주고 싶다

하늘을 이불 삼아
단풍을 요 삼아
드리워진 이 공간을 장식하고 싶다

코스모스 활짝 핀 오솔길을
이슬 맺힌 영롱함에
난 그 이슬을 마시고
신비스런 요정이 되고 싶다

초록빛 물 흐르는 소리가 고요해지면
당신과 즐거운 속삭임을 나누고 싶다

풍요를 기원하는 농부들과도 같이
나는 하나하나 나의 소망을
이루고 싶다

참새 쫓는 허수아비는 되기 싫다
이렇게 수놓아버린 불장난
꺼지지 않도록 당신께 드리고 싶다

고 엽

오색 무지개 몸에 물들인
고독한 낙엽 하나
쪽빛 하늘에
하이얀 원을 그리며
가을의 품에 안긴다

발아래 깔리는
나뭇잎 밟는 소리가
긴 미련을 두고
잊지 못할
슬픈 옛이야기를 기억하게 한다

고엽
너만은 알겠지
숱한 사람들의 마음속에
대자연을 아로새기는
가을의 진리를

가을에 뒤엉킨 숲 속을 지나노라면

너와 난

하나가 된다

백일홍

풀빛 기다림에
소녀는 석상이 되어 앉아
별을 헤인다

한숨 어린 어깨를 하고
하얀 영상이
안개처럼 몰려와
소녀의 깊은 눈에
물방울을 맺어 놓는다

불타는 마음
짙푸른 하늘에
감추고서
소녀는 백날을 그렇게
기다린다

새벽이 오는 소리

어둠에 박혀있던 진주들이
하얀 연못 속으로
빠져 버리면
새벽은 마을의 개 짖는 소리와
더불어 깨어난다

어느 집 문틈 사이로
어린아이의 덜 깬 웃음소리가 들리고
어머니의 부지런한 손놀림에
굴뚝에선 연기가
모락모락 피어오른다

동녘 하늘 해님은
아직 깨어나지도 못했는데
행인들의 오가는 소리들로 바쁘다
내 마음도 분주하여
어느덧 행길밖에
나와 있다.

작은 소망

가을을 기다리는
마음으로
터질 것 같은 수줍은 소녀의 가슴에
당신은 속삭이듯 말해 온다

가을은
침침하고 서글픈 단어들이
거꾸로 맴도는 계절이라고

들국화꽃 향기나는
동산에 누워
귀뚜라미와 같이 글을 읽을 때면
꽃 바람은 나를 설레게 한다

가을은
보드라운 구름을 품고
위대한 태양을 품고
찬란한 별을 품고

알알이 풍요로운 한없는 들판에서
어둠 속에 방랑객이 말하였다

가을은
작은 소망 환하게 미소 짓는다

허수아비의 노래

파란 바람이 불던 날
우울한 안단테가 사방에 퍼지고
슬픈 명상에 쭈그리고 앉았던 것은
철 지난 들판에 버려진
허수아비의 외로움이었다

무상의 영혼 앞에
청승맞도록 시린 눈으로
뽀얀 새벽을 기다리며
고독을 느꼈고
밤별들의 잔해가 차가워
웃을 수가 없었다

하릴없이 바쁜
외로운 몸뚱이에
그저 그렇게 서 있을 수밖에 없던
허수아비는
단, 한 번도 웃지 못한 채

하룻날 이틀 밤을 꼬박 세며

조용히 스러져 갔다

눈 오는 날의 상념

발이 땅에 쫀득쫀득 달라붙는다

그래도
눈이 다져질 때
뽀드득뽀드득
나는 소리를 듣거나
발바닥의 촉감을 느껴보는 일은
걷는 것의 또 하나의 즐거움이다

우리 삶의 행보도 깃털 같은
눈을 밟을 때처럼 신중할 수만 있다면
귀로 듣고 촉감으로 느끼는 일에
잠시 발길을 멈출 줄 안다면
사는 일은 그리 팍팍하지 않으리란
생각을 해 본다.

잠시 발길을 멈추고 선 채로
숨을 몰아쉬는 사이

새록새록 눈 내리는
소리가 귀를 간질거린다

보스락보스락
내 비옷에 눈이 내리는
소리인가 했더니
그것만이 아닌
솔잎에 떨어지는
소리까지 겹쳐서 들린다

가을의 풍성함을 털어내고
한없이 가벼워진 겨울나무에
한 겹 한 겹 눈이 쌓여
마치 온산이 솜이불을
뒤집어쓰고 있는 것만 같다

겨울 얼음

개울 얼음 밑에선
꼬르락꼬르락
물 흐르는
소리가 또렷하다

간혹 투명한
얼음장 깨지는 소리가
쩡그렁쩡그렁
청아하게 울린다

갑작스런
인간의 침입에 놀라
화답하는
자연의 소리치고는
얼마나
아름다운 환대인가

사 랑

기다림이 변해 버린 그리움이
무수한 별들 사이로 감추어버린
나의 아픔이
그곳에서 흐느끼고 있었다

무한한 공간과 아득한 시간과
만남을 갈구하는 영혼의 거친 호흡이
그곳으로 침몰하고 있었다

물의 차가움과 뒤돌아 밀려드는
봄을 꽃피우고 여름을 불태우고
가을의 공허감을 날려버린
두 영혼이
그곳에서 마주하고 있었다

소록도를 아시나요

녹두에서 배를 타고
잠시 들어가
쪽빛 짙은 바다 위에서
그들이 산다

고향의 내음이
흐르는 꽃길 속
다 떨어진 잎새를 밟으며
슬퍼서 슬프지 않으므로
더욱더 슬픈 마리아를 본다

남아있는 손가락을 모두어
성당 구석지에서
기도드리는 눈물마저
말라버린 이곳을
사람들은 소록도라 한다

응어리지기 전에
흘려 버려야 할
피리 가락을 뒤로 한 채 걸으면
외인 출입금지
푯말이 아우성처럼 보인다

청 보리처럼
한하운 시인은 여기 계셨고
생의 한 모서리를
가르치는
하얀 성모상이 비친다

열 하고 여덟 꽃잎

풀었던 단추 하나 다시 잠그고
가로수 아래를 걸어가면
발등 위로 가을이 구른다

벌레마저 쓰러진 빈 들에서
한 번 더 머무르다 가는 바람
떠나는 모든 것들을 떠나 보내고

홀로된 들국화가 좋아
널 닮은 마음으로
널 닮은 모습으로
열 하고 여덟 개의 꽃잎을 빚어본다.

먼 산 빛 추억이 타는 저녁이면
내 비워둔 방에
그리움이 새하얗게 방을 밝힌다

꽃처럼

하늘처럼

흩어진 계절을

또 줍고 또 주워 모아

님의 가슴에 안긴

새벽이 왔으면

바람의 노래

가고 오는 길목에서
뒹굴고
흔들리며
때론 휘감기는 까닭에
바람이라고 한다

바람은
새벽을 피우는 안개 안고
서성이는 만큼 자라
해진 들녘을 돌아보며
처음과 끝을 묻는다

어느 곳 닿지 않는 곳 없고
아무 데도 없이
바람은 갈 길을 묻더니
오늘 밤
토막 난 촛불로 탄다

밤의 방황

밤이 한 점으로 머무르는
가녀린 빛 하나
그리움은 긴긴날을 잠재운다

지치도록 헤맨 갈망 끝에
마음을 적셔오는
텅 빈 나의 가슴
조금 전
만리 기차 소리 떨고 지나갔을 뿐

어둠의 거센 호흡 앞에
아무런 저항 없이
굴복해 버린 나

잃어버린 지난날을 기억하기에
조심스레 이 밤을 방황한다

견우와 직녀

밤하늘 조용히
한 장의 손수건 흐른다
하나씩 별 모여 은하수 되듯
직녀의 한을 정성
견우에게 흘러간다

직녀의 눈물과 한숨
사랑의 숨결
흑빛 비단 위로
한 쌍의 기러기를 날리우고
그 사랑 은하수 위 날아서
견우 곁으로
내 마음 곁으로

그 사랑, 기다림이
이 밤 내 가슴으로
전해 오는 까닭은
아마

내 마음도 가을 하늘에

작은 별이고 싶은

때문이다

가 을

아침 해가
토란잎 위에 떨어지는
구슬을
아파할 때,

코스모스는
가을이 오는
길목에 서고

단풍나무들
다투어 산을 수놓는데,

가을은
외로움을
속삭인다

코스모스

무엇이 그리도 그리운 건지
실비단 하늘을 벗 삼아
그렇게 그리움에 가슴 적시나

행인의 눈길을 마주할 때면
수줍어 한들한들 고개 돌리며
하얗게 빛나는 귀여운 미소

푸른 웃음소리에 싱싱한 가을 하늘
두둥실 풍선에 사랑을 담아
저 구름 흐르는 곳에 띄워 볼까나

흰 눈이 하얗게 흩뿌리기가
소녀의 순결을 짓밟히기 싫어
낙엽이 톡톡 떨어지던 날
꽃잎이 날개 되어 흘러 나리네

그런 생각

별이 흩어지는 밤이면
아프게 부서지는
낙엽 한 조각

추억 한 편이 아스라이 떠오르면
뜨락의 별빛이
하나둘 스러져 간다

이름없는 밤 줄기를 헤어 보다
잃어버린 시절 속에
구름처럼 흘러가는 얼굴, 얼굴들…

지나버린 바람의 체취는
비바람에 씻겨 가고

곁에서 조용히 자리했던 풀잎마저
밤빛 속에 까마득하게 멀어져 가는데…

별이 흩어지는 밤이면

아프게 부서지는

낙엽 한 조각

서낭당

오늘,

진종일 비 내리고

내 마음

풀잎 되어 파르라니

떨고 있다

스러진 고목은

갈까마귀 무덤 되어

이 한밤 지새우는데

서낭당 색색 사연들이

바람에 날리면

빈 문짝

벽을 쳐 울리는

소리

차라리 살풀이나 하여볼까

차라리 울음이나 울어볼까

오늘 밤,

이 비에

마음

잠기고…

하 늘

푸르름이 부서지는
눈부신 하늘에는

미지의 세계마냥
신비함만 감돈다

뉘라서
저 푸름 속을
날고 싶지 않을까

동해 바다 2

해가 떠올랐을 때
잔잔한 그의 모습은
어부의 그물에나 얽혀있을 뿐
저 너른 하늘 어디에도
물빛 하나 맺혀 있질 않다.

누군가의 눈가를 헤는 듯
밤 간간이 바람에 치솟아 올랐던
그의 차가운 몸짓도
햇빛을 받으려
얼굴을 들어 올린 고기들의 지느러미에
따사로이 여며지고

하늘로 향하는 듯
그의 품에 안기는 듯
날개를 펴드는 새들의 열기만으로
세차게 울렁이는 그의 가슴은
그리움으로 그리움으로만 모여서
모래알 사이사이 밀려드는데

절벽은
밀려드는 그의 숨결을
먼 산 메아리 돌려보내는 소리처럼
자꾸만 되돌려
그의 짙은 그리움은 절벽의 옓은 되새김으로
하늘 끄터리 붉게 숨을 토한다.

어느 곳에는 뻗어오는 두 손은 있어도
끝내 잡히지 못하는 그의 두 손을
가슴에 접어두고
고개를 숙인 그는 지는 해를 따라
지긋이 눈을 감는다

그가 다시 꿈을 꾸기 시작하면
애달픈 그의 모습은
뱃소리 동동 어부의 뒷모습에나 보일 뿐
저 어두움의 광활에도
눈물 하나 맺혀 있질 않다

서해 바다

그것은
참고 참는 용기를 가졌다
한 번 물러설 줄 아는 관용도
뼛속까지 모두 주어 버리는 희생도
한 줌의 금가루가 뿌려지기 시작하면
나의 입가에는 한 조각 웃음이
바다는 높아가고
마음은 깊어간다

푸르름을 건져 올리는 것도
어쩌면 나의 사명

속으로 삭이고 삭였던
울분이 솟구쳐 오른다
그리고, 소리 없는 눈물…

어머니 1

세월이 흐르는
당신의 이마 위에
은빛 파도 떼가 흐르는
지난날의 쓸쓸한 그림자

바람이 실어온 사연들을
카네이션 붉은 꽃향기로
피워 올리는 오월엔
내 가슴엔 한 줄기 가을바람이

거친 손 마디마다
에인 사랑을
어린 내 가슴에
꽃씨 한 알로 남겨주시던
따사로움

오늘 내가
저 눈 시린 푸른 하늘로 가서

당신의 노래를 띄워 보내는 것도

내게 주신 그 꽃씨 하나를

한 송이 아름다운 꽃으로

피우기 위함일까?

어머니 2

활짝 핀 온실의 꽃보다
아름답진 않지만
거치른 바위틈에 핀 들꽃처럼
무너짐 없는 성입니다

높디높은 저 하늘의 태양보다
환하진 않지만
작은 불꽃 하나로 이 세상 밝히실
꺼지지 않는 사랑의 불씨입니다

뾰족이 솟은 높은 건물보다
장엄하진 않지만
저 하늘의 끝까지 닿을
그 누구도 만들 수 없는
높고 높은 사랑의 탑입니다

사랑의 샘에서 흘리신
그분의 진주 구슬은

이 세상의 그 무엇보다도
고귀하고 깨끗함
바로 그것입니다

어머니 3

이마에 펼쳐진 주름 위로
어머니의 세월이 흐르고
어머니의 굵은 손 위로
나의 어린 시절이 흐른다

저 멀리 하늘가에
피어난 뭉게구름 속에
어머니의 가시밭길
눈물이 맺혀있고

저 넓은 들판에
손때 묻은
어머니의 향기가
걸음걸음마다
이슬 되어 피어난다

철새와 갈새

그리움이 하도 많아
목이 길어진 새야

외로움이 하도 많아
무리 지어 사는 새야

어디서 날아왔다
어디로 날아가나

하이얀 철새야
빠알간 갈새야

섬진강

나
네 앞에 서면
언제나 수줍은 아이

좁다란 가슴에 가득히 울음만 채워와
어지러이 네 앞에 펼쳐 놓았지
사람들이 오가며 던지는 수많은 아픔
한마디 말도 없이 두팔 벌려와
언제나 미소짓던 너의 얼굴

무겁게 덩어리진 회색빛 상처를
홀로 이고가는 긴 길 끝에서
붉은 태양 뜨는 아침
고통의 흔적을 어느새 씻어내교

해를 따르는 얼굴 위로
눈부시게 쏟아내는 미소
아픔만 안고서도 아침과 함께 와

해를 머금어 웃음짓는 굳센 모습

나

네 앞에 서면

고개 수그리는 작은 아이

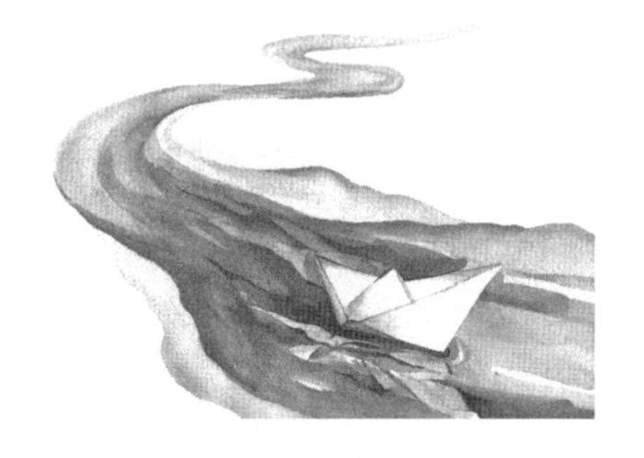

열린 아이

파란 물결이 하늘거리고 있다.
보일 듯 하면서
보이지 않는 무엇인가가
달콤한 향기를 내뿜으며
움직이고 있다.

눈을 크게 뜨고
숨을 한번 쉰 다음에
마음을 졸이며
그곳을 들여다 본다.

꿈을 낚는 어부들이
흰 너울을 쓰고 앉아
에메랄드빛 물가에서
보랏빛 꿈을 찾고 있다.

그곳에는
꿈, 순결, 밝음, 신성함,

모든 것들이
존재한다

닫혔던 내 마음도 열리며
하나가 되어 보고 있다

열린 아이는
열린 마음으로
열린 하늘을…

교정에 필 나무

한 웅큼씩 한 웅큼씩 여위어 가는 하늘

계절이란 바람이란
한 줄기 도랑
벌거벗은 이내 몸을 띄워 보내노라

그 어디
꽃이 퇴약비에 웃어지는 곳에
이 솟구치는 애정을 파묻고
나는 돌아오리라

그림자처럼 드러누운 나의
발끝이
지저귐에 떨릴 때
물줄기처럼 갈라진 나의
손끝에
눈물이 맺힌다

퍼드득
창문을 여닫는 산의 소리

돌아와
붉게 등불을 켜는 향기가 있는가 하면
떠나가는
날개들이 있다.

흐르지 못하는 눈물이
잠을 이루지 못한 밤들이
땅 위에
쓸쓸해지면

나
이 여윈 하늘에
교정에
풍성한 나무로 피어나리라

홍 시

가지 끝
조마조마 매달려
이슬 먹고
빗물 세수하고
곁에는 바람을 두고
지루한 여름을 보냈다.

햇살로 옷 입고
자꾸 높아지려는 하늘을 보며
수줍은 얼굴
조심스레 붉혔다.

우 물

그만한 바람이 자고
그만한 햇볕이 머문다.
어디서 감잎 하나
사뿐히 앉는다

동산 위에 나타난 달 보고
두건을 풀며
아낙들은 돌아온다

성큼
두레박 던져
달을 찌그리고
찌그러진 달을 퍼올려
흙발에 붓는다.

새 노래

햇살이 뛰놀던 숲속에서
구름이 목을 축이던 호수에서
물빛도 없는 분수가
퍼득인다.

밤새를 뒤척이는 나무에는
물방울이 터지고
퍼득이는 분수는
끝도 없이 숨을 쉰다

주저앉은 하늘을
두 가슴으로 바라보다
울어버린 한쪽 가슴에는
서늘이 어우러 하루를 짚다가
별자리를 그려낸다.

시리운 가는 다리로
삶에 기대어

가슴에 품은 울음을
야무지게 지워 버리고는

숲속에 뛰노는 햇살 위에
호수에 목 축이는 구름 위에
또다시
물빛도 없는 분수가
퍼득인다

쌍릉 가는 길

길은 왕릉을 둘러싼
소나무 숲 뒤로 돌아 이어진다.

예향과 솔향의 예고인사 싶다.

푸른 소나무가 하늘을 덮고
구름을 스쳐
완만한 경사로로 된 숲길을 따라
여정에 나선다.

흔치 않은 마을길을 만났다.
특유의 고유한 문화를
형성케 했던 것은 아닐까.

어느덧 삽상한 바람과 걷다 보면
소나무 숲과 마을길이 매우 곱다
절경에 감탄하고
역사에 귀를 쫑긋 세웠던 시간이 섞인

품격 높은 길이다.

어느새 황금빛 숲속
이런저런 이야기 나누며 마무리되고
고르고 골랐을 터
쌍릉이다.

꼭두각시

눈빛만 서로 오고 갈 뿐
아무것도 서로에게 줄 수 없다.

차가운 막 속에 갇혀서
입 모양을 본뜨고
눈짓을 본뜨고
그러다
울음을 터뜨리고 만다.

우리 서로는 따뜻함도 없고
손 한번 잡아 보지도 못하는
슬픈 세상의 꼭두각시

사랑을 잃은 세상 속에서
우리는 서로를 돌아보며
쓸쓸히 등을 돌리고 만다.

마음의 무늬

펴 낸 날 2022년 2월 21일

지 은 이 황명수
펴 낸 이 이기성
편집팀장 이윤숙
기획편집 윤가영, 이지희, 서해주
표지디자인 이윤숙
책임마케팅 강보현, 김성욱
펴 낸 곳 도서출판 생각나눔
출판등록 제 2018-000288호
주 소 서울 마포구 잔다리로7안길 22, 태성빌딩 3층
전 화 02-325-5100
팩 스 02-325-5101
홈페이지 www.생각나눔.kr
이 메 일 bookmain@think-book.com

• 책값은 표지 뒷면에 표기되어있습니다.
ISBN 979-11-7048-369-4(03810)